詩集

倉庫

真崎節

砂子屋書房

＊目次

装本・倉本　修

詩集　倉庫

路地の批評

かつて
日常の合一は
この路地に
うすく
精妙な
死の影とともに
再び

わたくしたちが
出会う場所であった
だが
この路地の批評に
芙蓉の花が
陰画のように
影を落としている
私は
風景の遠近に
導かれるように
町に入って行く
父や母の
憂の消えた
静かな

この空には
小さな胡桃の実が
ふくらみ
ゆっくりと
曇を北に送る
そして
地上には
小鳥のねむりが
夕暮を待っている
芙蓉の影に
縁取られた
路地の批評のために
私は　路地の影になる

不実の犬

老いた
不実の犬の
首を
風がひく
朽ちた街の
青い譜面だけが
開かぬドアのノブの

あわいに
「あなたのこころがほしい」
とうそぶく
そして
行方を失った
時間の流れだけが
その
断片をそろえている
それは
犬の
さ迷いに似た
日常の喪失
いや
喪失以前の

抽象なのだ
犬は
主人のための
声を失い
自らの影を
急ぎ
遠退く足音を聴く
星々は
地上に降り
杉の木立を焦がしている
不実の犬は
やがて
街をぬけ
枯野の犬となる

推移

推移のなかで
その人を
好きになった。
水を
ぬらしている
青い空の
ふるえる傷に

救いはあるが
鉄路も
朝の駅舎も
まだ　鎮まる
季節のなかにいる
しずかな地表の
揺れの温みに
父の手を
重ねてみる
その
執着を
悲しむのであれば
水に浮く重量を
恐怖にたとえるがいい

そして
わたくしの目前に
道は海に連なり
その
推移を超える
無彩の深みへ
いつか私は
下りてゆこう
風が夜に
そして
その人の
やわらかな影は
気配に満ちた
混濁の岬だ

そして
わたくしたちは
そこに
とある
日付を打ちつける

つま先に　息して

つま先に　息して
明地に　足を入れる
その広さだけ
気を奮うのだが
あるべき　小石が
その　抗し方の意味を
教えてくれる

気丈を背に
ちいさな町を
私はあるいてゆく
（明地はどうしてできたか）
夕べの道に
乾いた深さだけが
満ちてゆく
ひとつの眺めなのだろう
明地の欲する
静まりと
抗し方のへりを
風がおさめ
その中ほどに

わたくしの影を解く
そして
明るい
ひとときのたとえに
自らの姿を進めたことを
振り返る

つま先に　息して
わたくしを　たどるべき
道をさだめよ
解かれた影が
私を
立たせる前に

しょうしょうと
風を吹くものがある

力仕事だけを残して

力仕事だけを残して
夕餉を忘れた村は
夏草に覆われている
消光の空は
何を映しているのか
空色に揺れる
鳥の影

聞く者もいない
犬の散漫
（私は何に触れているのか）
感性を排除した
風景は　ことばをもたない
だが
私の見ている風景は
私の胸をうつ
驚きはなかった
むしろ
胸をうつことを
保持するだけだった

力仕事だけを残して

胸をうつものから
遠ざかっていたいと思う
その
祈りの折に
船の写真を
二枚買った
陸に打ち上げられた
時刻の異なる
大船で
むき出しの
船底は
海のものであるのか
それでよいのだが
すくなくとも

私に残された
興味の示し方は
そのような
見えなかった
感性なのかもしれない

力仕事だけを残して
家々の裏手では
夏祭りの音が

新しい時間

夕方
フクシマに通じる
国道沿いの食堂で
若いころ
同じ時間を過ごした
九州の男に会った
とろとろの

屈託のような
ビーフシチュウを肴に
おんなの話をした
フクシマのことも
話したかったが
すでに彼は
手負いの身だったから
それだけでよかった
彼といる間
新しい時間が
私と彼とのあいだを
流れていることを感じた
彼は今
長崎の青い空を

夢見ているのだが
そこに帰るには
委細に触れる
勇気がいるのだ
あわい
葛藤を含んだ目が
静かに
置かれていた
葺きかけの
青い背に
青年でいられる
手負いの身も
ふかくふるさとに
注がれている

（彼にナガサキがあるように
（私のフクシマはあるだろうか
追想のように
雪の視界が
私をめぐる
木立のふるえに
風がにおい
そして
闇を飛ぶ鳥の
深さを
私はこらえている

山の表

記憶の性質に
とどかない
『約束』とある。
死んだ父は
日々を
開かないのに
『この山に登る』

という行為の
前に出るために
私の記憶は
こうして
手渡されたままだ
その時間は
水際の稲の緑と
博士の
小さな
石膏像のしずまり
青い空に囲われた
山の表の風景だ
なだらかな飛躍と
豊かな遠近

子どもの目を
尽くしながら
夏の日に
寡黙にひかっていた。
これが私の
『約束』の
性質なのだろうが
いま　この山の表では
人の手におえぬ
深い闇をひくばかりだ
そして『この山に登る』という
父との約束を
埋めおえぬまま
私の

この山への道は
閉ざされたままなのだ

島

この路地の先は
海で
久しく私は
波を
送っている
そして
底光りのする

犬釘のような陽が
わたくしを
仕上げていく
私に
寄りかかった
明暗だけが
あの
西日の先に
騒いでいるのだ
極東の陽は
低く
時に
その食言を
塗り込める

結論を
急がねばならない
この島の人人の
その厚い
赤い胸を
風が少し
とおる
この果ての地の
水口から
真新しい
朝日が昇る
その事実は
集積としての
野面をつくり

時に
名状へと
私を導く
そして
私はまた
波を
久しく送る

青い空に

青い空に
朝が置かれていた
街は音をひそめ
透きとおる
日常の影を求めている
その死角にある
静かな気配の深さ

見のがしてしまった
川面のやさしい光
一本の道に見える
しずかなねむり
あるいは
ゆれるカーテンの
　影に浮く風
そして
気配の変化に
追随する
僧侶の足音
悲哀のそれぞれに
白い息のまま
朝が置かれていた

気配の名を
搗き交ぜながら
ゆるやかなリズムを
青い空に送る
木立の輪郭は
ある困惑とともに
始動のふるえを待ち
身を伏している
青い空に舞う　私情

古巣

古巣の羽が　風をゆらし
ひとつの視界に
夢の連なりと
流れる風が
塗りこめられる
枝々の
容易に引かぬ

伸長の中に
軽さを置く
束ねる豊かなぬくみを
過ぎた
美しい半球
かつて
この中心を翔けた
羽族の　終始の本能は
悲哀の声で
美しさを捧げる
朝に分け入るべき
己の計量をしたはずだ
すりぬけて行く闇
とどかぬ地温

風を溶かす夜
それらは
この半球を汀にうすめてゆく
波のようだ
そして
きょうも
しめらせた翼を
計りにかけ
山盛りの夢を　均してしまう
薄い花びらが
夜を覆うように
乾いた夜が明けると
ゆっくりと鳥は
木々を飛び立つ

飢えを啄む
俯瞰の閉塞
だが、その縫合の連なりを
剝がすように
自らを支える
翼に導かれる
芽吹きの中に
取り残された窪み
決然と去った者たちの
影がにおう

好日

好日
父の手は
空を泳ぎ
蓐草に足をおき
なのめの夢をみる
一歩を譲る
春の風は

ある朝の
父の姿であるらしい
じょのくちだ　と
辺りを見回しながら
捨て身の　小体な生活
そして
小さな魅力に
手をひろげておこう
きんきんと好日は
観念の風景をつくり
そこに
鳥を
飛ばしたりする
花びらの舌触りに

気息を整え
静める者らへの
青い地平

私のポロシャツ

徐徐にではあるが
わたくしの
オレンジ色の
ポロシャツが
私から離れていく
必須の夢を
ぶらさげ

終日に似合う
その
袖口に
朝の視野を測り
わたくしそのものに
ポロシャツをとどめていく
かたわらでは妻が
朝の魚を焼いている
焦げぬよう
息そのままに
その身を飾るのだ
そして
見慣れた
箸置きに

わたくしを置きにゆく
あるいは
私憤の位置を
こうして
朝のテーブルと
私のポロシャツは
私から離れていく
それは
朝の
軽佻に満ちる
私の気配なのだ
私から離れていく
私のポロシャツ

海

父に止められた
パリに立つ
たぶん
死は
すぐそこにあるのに
風の出口の　みえない
曇天の下に

なだらかな
あこがれをみつめ
ことばを澄む
波は波を
　繰り返し
その
石畳の上に
放逸な靴底を感じる
そして
その放逸は
受動の快楽に向う
逆光に
波は波を
　繰り返し

ただ
自らを掻く
その
与えられた
迷いの影が
ふと　私の在りかを
もどしている
波は波を
　繰り返し
父に止められた
パリが波を描かせている
それだけで
岩場に触れる
私の眼は

正しい
幼いプラタナスの木を
切り倒している
パリの空よ
この明るい名称の
さわぎを
波の繰り返しに
沈めるか

「静かな人だから」

「静かな人だから」
その声に
押されたような気がした
そして
本屋には
初めての　秋風が吹き
見慣れぬ　人の気配に

聞き耳をたてる
「静かな人だから」
老いの声に
張りのある
恋
でもなさそうな
すぐにでも
呼び寄せたい
そうだ
娘だ
手振りすら
その街の
明るさを
斬っていく

離れた空気の
潤い（娘も熱そうだ）
「静かな人だから」
静かな人に　託す
未来の始まりを
父は　踏ん張った
娘との距離を
踏ん張るしかなかった
その事を
伝えられないので
静かな人に　託す
「静かな人だから」
静かな人を　おいて
この一年の物語は

見慣れたはずの道に
父の影

かげ

かげを見ながら
一日がすぎた
そのモウロウとした
かげの姿は
自らの岸辺をつくろう
波の群れのようだ
湿潤の中にある懸想

あるいは
揺れる視線の遠近に
見える
島の風景
きのうの
作劇のように
さしだされる
人人の
無彩の強弱
それらは　たしかに
空から降りてきたような
かげの高まりなのかもしれない
私は
ようやく

かげの描出から
解かれたようだ
記憶の影に
ふたたび
始動する

母を追いもとめない

雨の中に
僕が見た母は
　二月の終わり頃だったか
はじめて
生まれた重量に
自らを失うことを
尊いものとしていた

そして
母との
花火の記憶も
夜ではなかった
大きな影の下で
硬い体を　解いていた
姿だけが
まだ僕の記憶を
変えないでいる
僕はといえば
小さな口で
笑い上戸といわれるくらい
笑っていた
季節ごとの不調は

この笑いの
つやによるものらしかった
その季節もすでに
みじかい
昇降を終えてしまった
そんな出来事の最中に
いつでも
「タロー　タロー」
と呼ばれた
「自分を添えるのだよ」と
僕の食卓には
いつも
夢のような話が
並べられた

美しい母は
自らの誇りに
僕を呼ぶのだ
そして
いま僕は
母を追い求めない
「失うものなど何もない」
そんなことは言わない
母であるが
静かに「タロー」
と呼んでいる

そでを通す

私情としての
そでは
二月二十五日に
私を生んだ。
いくぶん
母の体温の残る
町を歩く

その
足取りのつぎに
彼はすこしずつ
新しい人の重みを
加えてゆく
今日は祝日でもなく
父の屋根に
はためく
情感だけが
騒いでいる
それを
雲が跨いだ頃
私の　告げるべきは
パンのしめりと

その
かぐわしい匂い
そんな
夏の日に
父の残した
シャツを
母が洗い
その白いシャツに
袖を通そうとしない
私に　母は苛立つのだが
私はすでに
父のそでを通している
はためくもの
その

母の知らない
私の喜びを
とりどりの
白いものが
はためく

だれかの死を待っている

（だれかの死を　待っている
　たたむ音に　町が　海抜にしずむ）
わたくしは
わたくしの夜に
湿気を感じながら
ひとつきの雨の量を
はかっている

軽率な困惑と通俗
その頬のふるえに
約束は
きょうも守られ
眼の中にある
その均衡は
いくつもの死に
ふちどられ
かすかに
青い庭に
老いた母がいる
真新しい
風をまとい
今日も何かを数えている

空から降りてきたような
自分の影に立つ
つよく　立つ
私はようやく
青い血から
解かれたようだ
とりどりの記憶の
深いところにいる
母の姿が
目の前にある

柚子の実を　母に投げる

その
朝
月の道を
歩く
路上に
満ちた
影の

凹凸に
今
過去をこぼし
ありふれた
笑いの中で
母に投げた
柚子の実に
母の手が
動いた
その瞬間を
わたくしは
見逃さなかった
ゆるやかに
流れ

着いた
舟の形に
休息を追う
香気に
起因する
母の滞在
冬の中に
立つ
野蛮でないもの
棘に
おおわれた
柚子の実を
母に投げる

倉庫

そのように
ある
倉庫
もどれぬ道
いや
かよえぬ
道に

絶えない
記憶の
ただなかを
過誤の母は
泳ぎ
静かな
瞑目と
硬い意志の
追尾を繰り返す
駅裏の
倉庫の扉は
開かない
いわば
喪失の倉庫が

美しいものだけを
ぶらさげ
濃い陰を抱いた
時間だけが
母の帰りを待っている
この日
わたしは
駅に向かう
あなたに会うための
抽象と
そのように
ある
倉庫の
素性についての

具えを
スケッチするためです

弟の視野

まず
弟の視野に
新しい
浴衣を入れる
季節の土地は
濡らした
風がにおい

ぬれた日々の
新生である
揺れあう
気配の裾
その
一歩の進め方に
黒い瞳を
恐れた
弟は
正しく
地表に消える
町並の
白の寡黙
行き交う

木々の葉陰
一日をはずして
いま
新しい
浴衣に
決意の目は
しきりに
後悔を
伏せる
その厚い
時制
うちかえされた
しずかな
熱意

このつづきは
弟の視野に
融けだしてゆく

あとがき

あの日、看護科の一年生と子規の俳句を読んでいた。「先生、地震」と生徒の一人が、小さな声で言った。北の方から、こちらに向かうゴーという音を私も聴いていた。
それが始まりだった。

本集を出版するにあたり、砂子屋書房の田村雅之氏の丁寧な編集、そして倉本修氏の美しい装幀に感謝したい。

二〇一七年八月

真崎　節

倉庫　真崎節詩集

二〇一七年一〇月二二日初版発行

著　者　真崎　節
茨城県水戸市新原一―二二―九（〒三一〇―〇〇四五）

発行者　田村雅之
発行所　砂子屋書房
東京都千代田区内神田三―四―七（〒一〇一―〇〇四七）
電話〇三―三二五六―四七〇八　振替〇〇一三〇―二―九七六三一
URL http://www.sunagoya.com
組　版　はあどわあく
印　刷　長野印刷商工株式会社
製　本　渋谷文泉閣